AF363934

21 Décembre 1905

marqué P

VENTE

Du Jeudi 21 Décembre 1905

EN UN HÔTEL, A PARIS

24, RUE DE L'UNIVERSITÉ

à deux heures

IMPORTANTE BOISERIE

ÉPOQUE DE LA RÉGENCE

ANCIENNES TAPISSERIES

TABLEAUX, DESSINS, GRAVURES

EXEMPLAIRE DE H. STETTINER

COMMISSAIRES-PRISEURS

Mᵉ PAUL CHEVALLIER | Mᵉ PAUL POPIN

EXPERT

M. ARTHUR BLOCHE

IMPRIMERIE PAUL BRODARD

CATALOGUE

D'UNE

IMPORTANTE BOISERIE

Époque de la Régence

ANCIENNES TAPISSERIES

MEUBLES — CHAISE A PORTEURS

TABLEAUX, DESSINS, GRAVURES

Dont la vente, par suite de décès

AURA LIEU EN UN HOTEL SIS A PARIS

24, RUE DE L'UNIVERSITÉ

Le Jeudi 21 Décembre 1905, à deux heures

COMMISSAIRES-PRISEURS

Mᵉ PAUL CHEVALLIER | **Mᵉ PAUL POPIN**
10, rue de la Grange-Batelière | 4, rue Richer

EXPERT

M. ARTHUR BLOCHE, 51, rue Saint-Georges

EXPOSITION PUBLIQUE

Le Mercredi 20 Décembre 1905, de 1 heure à 5 heures

CONDITIONS DE LA VENTE

Elle sera faite au comptant.

Les acquéreurs payeront *dix pour cent* en sus des enchères.

Nota. — Aucune réclamation ne sera admise une fois l'adjudication prononcée, l'exposition mettant le public à même de se rendre compte de l'état et de la nature des objets.

Les dimensions ne sont données qu'à titre d'indication.

Paris — Imp. de l'Art, E. Moreau et Cⁱᵉ, 41, r. de la Victoire.

DÉSIGNATION

BOISERIE

1 — Importante boiserie de salon, de l'époque de la Régence, offrant, finement sculptés, des motifs à rosaces fleuronées, des guirlandes coquilles et rocailles, à rehauts d'or, sur fond peint en blanc, avec cimaise à moulures :

1° Dix panneaux dont :

Deux mesurent : Long.. 1 m. 05 cent.
Deux   —   —   90 cent.
Quatre   —   —   68 cent.
Un   —   —   80 cent.
Un   —   —   74 cent.
Hauteur avec cimaise, 4 m. 40 cent.

2° Quatre portes à deux battants :

Largeur de chaque porte, 1 m. 56 cent.

3° Quatre glaces, avec encadrements à frontons et trumeaux :

1re mesure : Larg., 1 m. 45 cent.
2e   —   —   1 m. 45 cent.
3e   —   —   1 m. 35 cent.
4e   —   —   1 m. 13 cent.

4º Huit parcloses.

Larg., 29 cent.

5º Quatre volets de fenêtres.

6º Quatre dessus de portes, peintures attribuées à Baptiste Monnoyer, représentant des vases decoratifs et des guirlandes de fleurs.

7º Une cheminée en marbre brèche d'Alep sculpté, à coquilles et fleurs, montants à consoles rocailles, avec intérieur en fonte, à médaillons, petits personnages et ornements. Epoque fin Louis XIV.

Larg., 1 m. 95 cent.; haut., 1 m. 10 cent.

8º Deux espagnolettes et les ferrures des croisées.

Développement total de la boiserie, déduction faite des fenêtres, environ 20 mètres.

TAPISSERIES

2 — Suite de cinq tapisseries anciennes, dites verdures : paysages boisés, accidentés, avec pièces d'eau animées de volatiles, vues de château et de villes en perspective. Bordures

à balustrades et lambrequins, fleurs et divers motifs décoratifs.

1re mesure : Long., 4 m. 45; haut., 2 m. 95.
2e   —   —   4 m. 45;   —   2 m. 95.
3e   —   —   4 m. 10;   —   3 m. 10.
4e   —   —   2 mètres;   —   3 mètres.
5e   —   —   2 m. 25;   —   3 mètres.

3 — Tapisserie du xviie siècle, représentant un Départ pour la chasse : personnages en costumes du temps de François Ier, gentilhomme et grande dame à cheval, fauconnier, piqueur. En haut, un fragment de bordure à fruits et arabesques.

Long., 1 m. 90 cent.; haut., 3 mètres.

4 — Panneau en tapisserie ancienne, représentant un guerrier en armure et autres personnages. Bordures à fleurs, feuillages et ornements.

Long., 95 cent.; haut., 3 mètres.

MEUBLES

CHAISE A PORTEURS

5 — Table rectangulaire en bois sculpté, piétement dit à éventails et à arcades. xvie siècle.

6 — Console rectangulaire en bois sculpté et doré, à quatre pieds pilastres ornementés, reliés par un croisillon, avec corbeille de fleurs, bandeau à coquille et enroulements. Époque Louis XIV.

7 — Chaise à porteurs, du XVIIIe siècle, en bois sculpté et doré : peintures sur toile, offrant, sur fond jaune, des armoiries, des guirlandes, corbeilles de fleurs, des trophées d'attributs de torches et de carquois.

OBJETS D'ART

8 — Christ en ivoire, monté dans un encadrement en bois sculpté et doré Louis XIV.

9 — Émail ovale de Limoges : La Vierge et l'Enfant, encadré de rinceaux. Signé au revers : *Nouailhers, à Limoges.*

10 — Deux potiches, vieux Delft, décor en bleu ; socles en bois.

11 — Sucrier sur plateau adhérent, avec sa cuiller, en vieux Strasbourg, décor à fleurs et rocailles.

12 — Écuelle avec plateau et couvercle, en vieux Marseille, décor à fleurs.

13 — Deux petits seaux en vieux Moustiers, décor à armoiries en bleu.

14 — Cinq assiettes en Moustiers, décor polychrome.

TABLEAUX

DESSINS, GRAVURES

FONÉCHE

15 — *Marine.*

LACROIX (Attribué à)

16 — *Côtes montagneuses de la Méditerranée, animées de personnages.*

SALVATOR ROSA (D'après)

17 — Cinquante vignettes, sujets pour illustrations.

ÉCOLE ANCIENNE

18 — *Tête de Vieillard.*

ÉCOLE ANCIENNE

19 — *Portrait de Dame, en costume du XVIe
siècle.*

20 — *Vierge en prière.*

ÉCOLE DU XVIe SIÈCLE

21 — *Scènes du Nouveau Testament.*

Dix compositions à petits personnages, divisées
par compartiments avec inscriptions.

ÉCOLE FRANÇAISE

22 — *Saint Pierre en extase.*

ÉCOLE FRANÇAISE (xviiie siècle)

1.250

23 — Deux dessus de portes, représentant des
ustensiles de jardinage, des corbeilles de
fleurs et des volatiles, avec guirlandes tom-
bant de chaque côté.

ÉCOLE FRANÇAISE

24 — Suite de six gravures : *Portraits de Vivien,
Charles-Jean-François Hénault, Pétrus Gil-
let, Ludovicus Augustus, Princesses Domba-
rum, Hyacintus Theodorus Baron Parisimus,
le Cardinal de Polignac.*

Cheminée en bois sculpté avec

3.150 glace

ÉCOLE FRANÇAISE

25 — Vingt-trois dessins, sujets divers, signés :
Leprince, Schidone, Hessell, Ganulin, etc.

ÉCOLE ITALIENNE

26 — *Palais animés de personnages.*

ÉCOLE ITALIENNE

27 — *La Vierge au voile.*

ÉCOLE ITALIENNE

28 — *Le Sommeil de l'Enfant Jésus.*

ÉCOLE MODERNE

29 — *Ville au bord de la mer.*

ÉCOLE MODERNE

30 — *Marine.*

ÉCOLE MODERNE

31 — *Paysages.*

Deux petits tableaux.

ÉCOLE VÉNITIENNE

32 — *Portrait d'Homme.*

33 — Recueil de dix-huit gravures ou estampes
de Perrier, représentant des groupes et sta-
tues d'après l'antique.

34 — Objets omis.

www.ingramcontent.com/pod-product-compliance
Lightning Source LLC
LaVergne TN
LVHW021617170726
843501LV00010B/4031